L'HISTOIRE DE M. SUZUKI

Bertrand Gourdy

L'Histoire de M. Suzuki

Journal (extraits)

© 2023 Bertrand Gourdy – Ensemble Offrandes, Le Mans

Édition : BoD – Books on Demand, info@bod.fr
Impression : BoD – Books on Demand, In de Tarpen 42, Norderstedt (Allemagne)

Impression à la demande

Illustration : *Kisaragi*, « Février » en Japonais (calendrier ancien)

ISBN : 978-2-3224-7317-5
Dépôt légal : Août 2023

Qui donc, dans les temps à venir, pourra comprendre [...] qu'après avoir connu la lumière, nous avons été amenés ainsi, de nouveau, à basculer dans les ténèbres ?

> *Sébastien Castilian,*
> De arte dubitandi (1562)

L'histoire que vous tenez entre les mains est une recomposition, construite à partir de différents carnets de voyages et journaux personnels, sur lesquels je suis tombé par hasard il y a cinq ans.

Je l'ai reprise et organisée pour qu'elle se concentre sur tout ce qui concerne M. Suzuki, que l'auteur du journal a rencontré lors de son premier voyage au Japon en 2008.

Il s'agit donc d'un collage de différents extraits : certains sont de 2008, écrits directement au cours du voyage, et de nombreux autres sont de 2009, car l'auteur semble avoir eu plaisir à utiliser son journal pour se remémorer sa vie à une année de distance. D'autres, enfin, sont de 2011, pour des raisons qui seront bientôt évidentes.

Quelques pages manquaient, et certaines parties n'étaient plus lisibles, en particulier pour le journal de 2008 : j'ai laissé les creux tels quels. Dans la même logique, j'ai indiqué, à chaque fois, lorsque le texte faisait des sauts par rapport à l'original. Ce journal était sans doute destiné à être édité : quasiment toutes les notes de bas de page sont de l'auteur. Elles ont probablement été ajoutéees lors de sa relecture, l'année suivante.

La mise en scène proposée ici est en lien direct avec le texte. Vous pouvez suivre l'histoire au rythme de la musique en suivant le déroulement des mois lorsqu'ils apparaîtront sur la scène : ils correspondent à ceux du livret. Mais vous pouvez aussi bien décider de lire toute l'histoire avant, pour vous imprégner de la musique, ou, si vous préférez, garder le texte pour plus tard. De toute façon, personne n'est là pour vous surveiller.

Sur scène, deux happenings vont avoir lieu : selon les instructions de la partition, ils ont été préparés juste avant le concert, en demandant à trois personnes du public de bien vouloir participer. Ces personnes sont là pour représenter le XXe et le XXIe siècle, et voici les indications telles qu'elles apparaissent dans la partition :

1- Pour le XXe siècle : un homme dont l'âge est au minimum le double de celui du musicien.

2- Pour le XXIe : deux enfants dont l'âge additionné est au maximum la moitié de celui du musicien.

Si le public ne permet pas cette configuration, adapter au mieux. Il peut être stratégique d'avoir un musicien d'environ 30 ans.

Ce concert est dédié à toutes les victimes du nucléaire, passées et à venir, car il semble que nous apprenions seulement lentement.

Le Mans, Mai 2023

L'Histoire de M. Suzuki

"Not as Beautiful as Silence"

Février

2008

Il est bientôt cinq heures, mais il fait encore bon. Le vent amène la fraîcheur de la mer, et nous réveille de la torpeur de l'après-midi. Ça fait un bon moment que je suis dans le jardin de ce vieil homme, dont j'ai appris hier qu'il s'appelait Suzuki. Il est reparti chercher quelque chose à l'intérieur (ou préparer quelque chose ? Je n'ai pas bien compris). C'est notre plus longue conversation depuis 10 jours : entre des silences, parfois assez longs, nous tentons de nous apprivoiser en échangeant des banalités en anglais. Parfois, sans prévenir, il disparaît derrière la haie, ses outils en mains, régler quelques détails dans son jardin : ses sandales glissent sur le sable, cinq pas, puis cinq pas, et puis il revient : sept pas.

Je n'ose pas trop bouger : ici, impossible de savoir si je suis impoli, ni pourquoi[1]. Alors, je compte ses pas – compter, c'est ce que je fais à chaque fois que je suis mal à l'aise – pour

---

1. Avec le recul, j'ai un peu honte de cette phrase : je crois que j'ai commis toutes les impolitesses possibles auprès des différents japonais que j'ai côtoyés, et le plus souvent, ils ont eu la gentillesse de ne rien me dire.

tenter d'oublier que je suis en train de m'imposer chez lui.

Peu de mouvements dans le jardin, encore largement ensoleillé : juste assez de vent pour agiter les feuilles des arbres, et parfois faire sonner une des trois clochettes suspendues. Il devait y en avoir quatre, avant : sur le dernier côté, il ne reste que la ficelle. À part ça, on entend très peu d'indices de la présence des hommes. Pour moi qui cherchais un peu de solitude en partant au hasard, je suis servi.

[...]

J'ai attendu qu'il s'en aille pour sortir mon carnet. Étonnant, que ce vieux monsieur soit celui qui parle le mieux anglais ici ! Je regrette à nouveau de ne pas avoir eu le courage de me mettre plus sérieusement au japonais : dès que je suis sorti des grandes villes, je me suis retrouvé bien plus isolé que ce que j'imaginais. D'ailleurs, depuis que je suis arrivé, il y a un peu plus d'une semaine, c'est ma première vraie conversation.

2009

Aujourd'hui, je serais bien incapable de vous dire ce que j'étais venu chercher au Japon. Et finalement, je suis resté plus de trois semaines dans ce village, au tout début du printemps, alors que j'aurais déjà dû être en chemin pour aller voir les cerisiers en fleurs. Chaque jour, je repassais devant la maison de M. Suzuki pour bavarder – à part lui, le seul habitant qui parlait suffisamment anglais était le propriétaire de mon auberge, que j'avais immédiatement pris en grippe.

C'est pratique de venir de loin : on a moins peur de déranger, ou de faire des faux pas. Je n'aurais jamais osé aborder quelqu'un de cette manière chez moi : là-bas, au contraire, ça me paraissait totalement naturel.

Petit à petit, à mesure que son anglais refaisait surface, M. Suzuki me racontait ses histoires. Le plus souvent, il commençait par me parler de ce qu'il faisait dans son jardin, mais les mots lui manquaient vite. Voyant que j'étais bien assis, et que je ne donnais pas l'impression de vouloir partir, il commençait à dériver...

[...]

Au début, je prenais tout ça à la légère, j'étais surtout content de pouvoir écouter quelqu'un me parler. Mais progressivement, ses histoires ont commencé à m'intriguer : il me parlait de ses cours d'anglais, de sa jeunesse sous l'occupation[2] et des mouvements étudiants des années 60 – toutes choses auxquelles je ne connaissais rien.

Étrange M. Suzuki ! J'avais toujours l'impression de rater un mot important au début de l'histoire, et comme il continuait, je n'osais pas lui dire que j'étais presque complètement perdu. Il avait manifesté pour la paix, lorsqu'il était étudiant, ou alors avec des étudiants ? Qui lui avait appris l'anglais, lui qui semblait détester les Américains ? Et pourquoi me parlait-il si souvent des Chinois ?

Je continuais à l'écouter en hochant la tête, et je me laissais bercer par sa voix en regardant le soleil descendre derrière la vallée : c'était très beau. Sur l'autre versant, peu de voitures en vue, peu de traces des hommes, à part ces maisons – à peu près la densité d'une vallée des Cévennes. Je pensais avoir trouvé ici le Japon « authentique », celui que tout le monde a en tête avant d'y aller, avec une image assez vague d'auberge traditionnelle nichée dans des montagnes embrumées...

[...]

---

2. Le Japon a été occupé par les Américains jusqu'en Septembre 1952.

Au fond, je crois que j'étais surtout content de ne plus me sentir si seul. Dans ce genre de voyage, on part en se disant qu'on fera plein de belles rencontres, et on n'imagine pas le temps qu'on devra passer en face à face avec soi-même.

Mars

2011

C'est aussi bête que ça : au début, je n'ai même pas fait le lien. Tous les jours, c'était Fukushima-ceci, Fukushima-cela ; et puis, c'est vrai que je n'écoute pas beaucoup les informations. J'ai l'impression qu'on y raconte toujours la même chose, à chaque fois, une nouvelle catastrophe ou une nouvelle guerre, quelque part... Bon, mais là, c'était quand même le Japon, et tout le monde en parlait. Pourtant, pendant les premiers jours, je devais écouter toute cette agitation de très loin, car je suis passé complètement à côté.

Et puis, ils ont parlé de Kakuda. Tout m'est revenu d'un coup, images, sons, sensations, odeurs : la sortie de la gare, les forêts, les routes qui serpentent... C'est à deux ou trois arrêts de Sendai, juste là où je suis descendu, il y a trois ans, lors de mon premier voyage. J'avais pris le bus, là-bas, pour continuer vers le village où j'allais rester plusieurs semaines...

2009

M. Suzuki me racontait des choses étonnantes. Je n'arrivais pas toujours à faire le lien entre les différentes histoires, et je crois qu'il me manquait aussi beaucoup de références. Par exemple, quel rapport entre le départ de ses enfants pour le Sud et l'indépendance énergétique du Japon ? Et pourquoi passer d'un coup des problèmes de natalité à la question du modèle américain ? Quand il parlait de société, de politique, j'avais du mal à voir ce qu'il voulait vraiment dire – quand je ne comprenais pas simplement tout de travers. Pour moi, c'était comme s'il se contentait de poser deux images, mais qu'il me laissait deviner seul les liens entre elles. Et le plus souvent, c'est à ce moment-là qu'il me regardait en silence...

Je regrette de ne pas avoir enregistré tout ça : déjà, à une année de distance, j'ai l'impression d'avoir oublié plein de choses, mais surtout, entre nos malentendus et notre anglais cabossé, ça a dû donner de beaux dialogues.

2011

Les semaines qui ont suivi, j'y ai beaucoup pensé. Comme souvent, je me réveillais trop tard, j'étais un peu à contre-temps : pour l'actualité, le sujet était ancien, et ne passait déjà presque plus aux informations. Au moment précis où je voulais en savoir plus, on en parlait de moins en moins.

Alors, je me l'imaginais : d'abord le tsunami, l'alerte à la radio, puis les annonces, les coupures – et M. Suzuki, dans sa cuisine, en train d'essayer de régler sa radio, avec ses battements de cœur de plus en plus irréguliers...

[...]

Comment ça s'est passé, ensuite ? Est-ce que les policiers sont venus évacuer tout le monde ? Je me souviens avoir lu qu'après Tchernobyl, ils avaient dû enlever une couche de terre d'un mètre pour « nettoyer » la zone. Est-ce qu'ils ont aussi détruit son jardin ?

Ici, à l'autre bout du monde, on nous a dit d'éviter de manger des salades, des concombres ou des champignons durant les quelques jours qui ont suivi Fukushima. J'ai regardé : c'est à douze mille kilomètres. Douze mille ! Je suis incapable de me représenter ça. D'ailleurs, c'est la même chose pour tous les ordres de grandeur qu'on nous cite dans ce domaine : j'ai entendu hier qu'on construisait des piscines pour stocker l'eau contaminée – on en produit 500 tonnes par jour. On a envie de leur dire, à tous ces savants, « Mais qu'est-ce que c'est que ce truc ? À quoi vous jouez ? »

Mais juste après, on se demande : comment ça peut se passer, chez eux, juste à côté de la centrale ?

2008

Ces derniers jours, j'ai commencé à me sentir plus à l'aise avec ma solitude. Jusqu'ici, je la vivais assez mal : heureusement que j'ai croisé ce M. Suzuki... Ici, je sens que je commence à retrouver un rythme. Mais je n'écris pas assez.

[...]

Hier, M. Suzuki m'a raconté, pour sa femme. Il venait juste de me demander si « quelqu'un m'attendait ». J'ai fait non de la tête – encore un silence gêné – et il a enchaîné : sa maladie en 2005, qui s'est rapidement compliquée, et sa mort l'année suivante. Toujours avec cette retenue que je trouve si touchante, ici : pour parler d'elle, il n'a parlé que de son absence, de ce qu'il faisait maintenant qu'il était seul. Il ne m'a même pas dit son nom. À la place, il m'a décrit ce qu'il faisait dans la maison, et il m'a expliqué comment il avait dû apprendre à s'organiser pour tout gérer lui-même. En souriant, il m'a dit : heureusement que je savais déjà cuisiner ![3]

---

3. À l'époque, je n'ai pas saisi à quel point il était rare de rencontrer un homme de sa génération qui sache s'occuper seul des tâches domestiques, surtout la cuisine ou la lessive. Avec le recul, ça rend M. Suzuki encore plus atypique...

2009

Ça aussi, je l'ai compris seulement plus tard : cette période de Mars-Avril correspondait à la maladie de sa femme, en 2005. Ça avait duré moins d'un mois en tout. Je crois que pour lui, c'était devenu le moment le plus difficile de l'année.

C'est peut-être pour ça qu'il m'en a parlé, ce jour-là. Pour tout le reste, il était très discret sur sa vie personnelle : quand il me racontait quelque chose, il aurait pu parler de quelqu'un d'autre, tellement il restait à distance de toute implication sentimentale. Contraste frappant.

[...]

Ça m'avait chamboulé : je me souviens du trajet retour vers l'auberge, ce jour-là. Il pleuvait très légèrement.

Avril

2009

Je crois qu'il avait très vite compris que je reviendrais chaque jour. Il y a bien deux ou trois sentiers qui s'enfoncent dans la forêt, plus haut, mais rien qui puisse justifier mon passage quotidien devant sa maison. Pendant tout mon séjour, il ne m'a jamais posé la moindre question à ce sujet.

Passés nos premiers silences, la conversation reprenait là où on l'avait laissée la veille. En réalité, je devrais plutôt dire : sa conversation. J'écoutais, et je posais parfois une question – avec un résultat mitigé : le plus souvent, il m'écoutait avec attention, mais il poursuivait ensuite son histoire comme si je n'avais rien dit.

J'étais fasciné. C'était sans doute dû en partie au calme que dégageait ce vieil homme, mais je pense aussi que tout ce qu'il me racontait, de la vie de ses enfants, de ses petits-enfants, ou de sa propre jeunesse, tout ça venait toucher un point sensible chez moi. Aujourd'hui, j'aurais du mal à vous dire pourquoi exactement. Ça me paraissait fantastique de voir se révéler une vie au XXe siècle, à peu près l'époque de mes grands-parents, mais à l'autre bout du monde.

2008

Depuis que je suis reparti, il y a deux semaines, j'ai souvent repensé à ce village, près de Kakuda. Il y avait un minuscule « établissement thermal », un sauna japonais, où j'allais presque tous les jours, en rentrant. J'y refaisais nos conversations dans ma tête. Je crois qu'une fois ou deux, je m'y suis endormi.

2009

J'ai repensé à sa femme, ce mois-ci. Cette année, ça fera quatre ans qu'elle est décédée.

M. Suzuki :

« Vous savez, je m'en souviens mieux maintenant. *(Je dois me pencher pour l'entendre : le vent souffle, et il garde la tête tournée vers la forêt, à l'opposé. La nuit tombe rapidement)*. Le moment où ils sont venus me l'annoncer. Je m'y attendais, mais je n'étais pas prêt. »

« Quand ils sont arrivés, les gyrophares éteints, j'ai tout de suite compris, et c'est comme si le monde était devenu d'un coup plus lent et plus froid. Je ne me souviens pas de leurs phrases exactes, seulement de cette sensation, une sorte de froid-ralenti, à travers laquelle tout me parvenait. *(Il me jette un coup d'œil et poursuit)*. Je crois qu'ils étaient inquiets. L'un d'eux est parti préparer le thé, pendant que j'essayais de répondre des choses convenables aux deux autres. À un moment, ils m'ont fait signe de rentrer. L'instant d'après, ils étaient tous partis. Mais le froid est resté. »

« Et il n'est jamais reparti, vous comprenez ? *(Il me regarde : j'ai de plus en plus froid, mais je n'ose pas bouger)*. Pour moi, dedans, dehors, *(il se retourne, fait un geste vague vers la forêt)*, c'est toujours le même froid. C'est resté. »

(Long silence).

Mai

2008

Impossible de dormir, ici : il a plu toute la soirée, et de grosses gouttes tombent directement depuis le rebord du toit jusqu'à ma fenêtre. C'est idiot : c'est la régularité du bruit qui m'empêche de dormir. Toutes les cinq ou six gouttes, ça s'arrête, je commence à me détendre, et ça recommence.

Ce serait le moment idéal pour vous décrire la beauté de ce moment, hors du temps, la fraîcheur de la nuit après la pluie... Mais la réalité, c'est que je suis fatigué, énervé, et que je commence à avoir mal à la tête. J'ai trouvé juste assez d'énergie pour allumer la lumière et attraper mon carnet ; il est hors de question que je me lève.

[*Les phrases suivantes sont illisibles.*]

2009

Il y avait beaucoup à entendre dans ce qu'il ne disait pas. Parfois, il s'interrompait d'un coup au milieu de son histoire, comme si elle commençait à le mettre mal à l'aise, et il regardait ailleurs, ou bien il allait chercher quelque chose précipitamment. À d'autres moments, il pouvait simplement taire une partie de ce qu'il racontait, pour reprendre ensuite, un peu comme si son récit passait sous un tunnel.

Au fil des jours passés en sa compagnie, j'ai appris à reconnaître ces différents silences, à mieux les écouter. Le plus intense, c'est quand il s'arrêtait peu à peu, le regard légèrement vers la droite : à ce moment-là, je savais que son histoire l'avait emmené, et qu'il était reparti avec elle.

[...]

Une fois rentré, je me suis demandé : est-ce que c'était le fait de me parler de sa vie ? Ses souvenirs de jeunesse ? Ou bien une attitude, profondément ancrée chez les Japonais de sa génération ?

Derrière chaque silence, alors que les secondes passaient – je comptais toujours les secondes qui passaient – j'avais l'impression de sentir tout ce poids qui pesait sur chacun d'eux, sur lui, sur le pays tout entier : le poids de la défaite.

2008

J'ai repensé à une de nos dernières conversations, il y a tout juste un mois. Je lui avais demandé s'il était heureux, ici, mais comme après plusieurs tentatives, ma question ne semblait toujours pas claire, j'ai fini par lui demander s'il aimait bien cet endroit.

« Comme les arbres. »

C'est ce qu'il m'a répondu, après avoir rapidement parcouru son jardin du regard. Je ne voyais pas du tout dans quel sens prendre cette comparaison, mais je commençais à bien connaître le rythme de nos conversations : j'ai attendu, simplement, et il a poursuivi.

« Parfois, il pleut, mais souvent, il fait beau. Je ne vais pas bouger ! » Il a ri.

Je ne sais pas pourquoi, je me suis senti bête, et j'ai eu un peu honte de ma question. Sur le chemin du retour, et toute la soirée, une grande sensation de vide.

Février (2)

2008

C'est en tournant après la dernière rangée de maisons qu'on aperçoit le jardin de M. Suzuki. Sur la gauche, la route monte légèrement sur une cinquantaine de mètres avant de disparaître d'un coup dans la forêt. C'est une de ces routes de campagne, juste trop étroite, où les voitures doivent faire un écart pour se croiser.

Derrière le muret, qui doit faire un peu plus d'un mètre, on voit déjà une partie du jardin, avec des buissons, quelques massifs de fleurs, et le figuier adossé au mur. Comme les maisons sont assez espacées, cette partie du jardin se découvre rapidement.

M. Suzuki est rarement visible depuis cet endroit : on devine sa présence au clac-clac régulier du sécateur, ou au bruit des socques sur les graviers des allées. La seule fois où je ne l'ai pas entendu, le bruit du vent dans les arbres couvrait tout le reste.

En général, je marche du côté droit – le côté où le village s'arrête, et où commence la forêt. En partie par précaution, car ici, les voitures roulent de l'autre côté[4], et je n'ai pas réussi à

---

4. Ici était initialement écrit *du mauvais côté* : l'auteur l'a barré et corrigé, sans doute en 2009.

m'y habituer. Mais aussi parce que c'est mon côté préféré : on découvre la vue sur la vallée plus rapidement. En plus, les jours où j'ai de la chance, quand la lumière commence à descendre, j'entends les hérissons qui s'agitent sous les feuilles. Plus haut, dans les arbres, le martèlement rapide des pic-verts leur répond.

2009

Quand j'étais là-bas, je ne me suis jamais interrogé sur son âge. Maintenant, quand j'y repense, je me dis qu'il devait être plus vieux que ce que j'avais imaginé. Il y avait tous ces souvenirs de l'occupation, mais il m'avait aussi raconté sa participation aux manifestations de 1962-63, et il devait déjà avoir une bonne vingtaine d'années.

J'ai cherché : le Gensuikyô dont il parlait, c'était un mouvement pacifiste, anti-nucléaire, de tendance communiste. M. Suzuki était communiste ! Je n'aurais jamais imaginé. Ça explique sûrement la chanson qu'il m'avait chantée, la seule qu'il connaissait en anglais :

> *It's the same the whole world over,*
> *It's the poor what gets the blame,*
> *It's the rich what gets the pleasure,*
> *Isn't it a bloody shame?*

Mars (2)

2011

Tout ça tournait en boucle dans ma tête : j'ai fini par chercher des documentaires sur l'évacuation. Toujours la même histoire : d'un côté, les familles qui partent, l'air accablé, et de l'autre, les responsables de Tepco[5] qui expliquent qu'ils n'y sont pour rien, et que d'ailleurs, tout se passe très bien.

Apparemment, ils ont décidé que le périmètre à évacuer serait moins important que prévu pour éviter la panique : à ce jour, personne ne sait quelles seront les conséquences à long terme sur la population...

[...]

J'en étais sûr : il y en a qui sont restés. Comme l'évacuation s'est faite très vite, et que tout le monde avait surtout peur d'être irradié, la police n'est passée qu'une seule fois dans certains districts. Ça ne devait pas être trop difficile de se cacher, et avec tout la zone bouclée, personne n'a pu revenir vérifier s'il restait quelqu'un.

---

5. Sorte de mélange d'EDF et d'Areva japonais : un de ces conglomérats connus pour leur influence sur les différents gouvernements.

2009

Quand je l'avais rencontré, il était très inquiet pour l'avenir. C'était un sujet qui revenait souvent chez lui : je me souviens encore de la manière dont il prononçait « foutoulè », pour « futur » en anglais – mon accent n'était pas meilleur, je pense.

Il me parlait beaucoup de l'état du monde, et de ce qu'il laisserait à ses petits-enfants. Il avait une manière (très japonaise, peut-être ?) de toujours s'inclure parmi les responsables de ce qui se passait. Notre consommation d'énergie, le climat, et toutes ces choses dont on parle bien plus aujourd'hui étaient déjà pour lui des sujets d'inquiétude à l'époque.

[Note de 2011]

Aujourd'hui, quelques jours après Fukushima, c'est tristement ironique : lui qui a lutté dans sa jeunesse contre les armes nucléaires se retrouve (j'imagine) chassé de chez lui par l'accident dans la centrale voisine...

2011

Dans l'eau, les niveaux de radioactivité sont très élevés. Hier, j'ai lu : 4038 fois la normale.

[...]

« Si le bassin du réacteur numéro 4 devait s'effondrer, les émissions de matière radioactive seraient énormes : une estimation prudente donne une radioactivité équivalente à 5 000 fois la bombe nucléaire de Hiroshima. » Hiraoki Koide, professeur à l'Institut de recherche nucléaire universitaire de Kyoto.

[...]

Les pêcheurs de la région s'inquiètent pour leur avenir : leur pêche risque d'être interdite un bon moment. Ils ont raison, je suppose.

[...]

Est-ce que c'est toujours comme ça ?

Plus je lis, et moins je comprends comment c'est possible qu'on en soit rendus là.

Avril (2)

2011

Je me l'imagine, là-bas.

Quand je suis au bureau, ou chez moi, je regarde par la fenêtre, et je le vois, seul, dans son jardin. Il a certainement continué comme avant – de toute façon, il suit la même routine depuis 2005. Simplement, sa solitude intérieure a dû s'entourer d'une solitude plus grande...

Comme je ne l'ai connu que l'après-midi, je suis obligé de m'imaginer le reste. Il se lève sûrement tôt : je le vois bien sortir, arroser un peu, cueillir une tomate ou une courgette. C'est interdit, évidemment, mais plus personne n'est là pour lui dire.

Après Tchernobyl, ils sont nombreux à être restés, comme lui, et sûrement d'autres. On en entendait parler, des années après : ils vivaient bien, parfois, au milieu de zones complètement contaminées... D'autres étaient morts dans les premiers mois...

[...]

Qu'est-ce qu'il peut faire, à part jardiner ? Lire ? Écouter la radio ?

Je me demande si son téléphone fonctionne encore.

2009

Ces derniers temps, quand ma nostalgie des quelques mois passés au Japon devient trop intense, j'ouvre un recueil de haïkus. On est en avril, et je suis tombé sur celui-là :

> *Dans la chambre*
> *Ce froid vif sous mon pied –*
> *Le peigne de ma femme morte*

(Yosa Buson)

2011

À force de me renseigner sur Fukushima, je suis tombé sur un tas de choses concernant les bombes d'Hiroshima et Nagasaki, les 6 et 9 août 1945.

[...]

Les Américains voulaient « punir » le Japon : ils avaient prévu de larguer leur première bombe sur Kyôto, la capitale historique, mais le secrétaire d'État à la guerre, Henry L. Stimson, a insisté pour qu'on choisisse une autre ville à la place. Il avait passé sa lune de miel là-bas, trente années plus tôt.

M. Suzuki :

« Pour moi, le monde s'est arrêté ce jour-là. Tout ce qui s'est passé depuis, c'est arrivé dans une sorte de brume, sans que je sois vraiment là. » *(Il est assis à sa table, dehors. Il parle mais sans me regarder).*

« Alors, quand ils sont revenus pour me dire que je devais partir, tout de suite, qu'il y avait un ordre d'évacuation, pour tout le monde, ça ne m'a rien fait du tout. J'ai répondu ce qu'ils attendaient, ce qu'ils voulaient entendre, et ils m'ont cru, je pense : tout le monde était très inquiet et très pressé, tout le monde criait et s'énervait – mais pas moi. À l'intérieur, pour moi, c'était toujours le même froid : alors, je suis resté. »

(Il me regarde, et me répète, avec son accent impossible : « vous comprenez? »*).*

Février (3)

2009

Aujourd'hui, j'ai retrouvé la collection de photos qui m'avaient fait rêver, quand j'étais enfant.

Ça va sûrement vous surprendre, mais pour nous, au début des années 90, le Japon représentait une sorte de modèle de modernité. On parlait beaucoup des progrès de la robotique, des technologies de pointe, et on imaginait d'immenses villes pleines de lumière, avec des autoroutes au milieu. À Paris, ma grand-mère me disait « regarde, ce sont des Japonais », et je les apercevais derrière des appareils photo massifs, des jumelles... Même leurs lunettes de soleil m'impressionnaient. Devant la Tour Eiffel, ils sortaient leurs appareils de belles boîtes en cuir, et ils vissaient leur flash, leurs téléobjectifs. C'était la deuxième puissance mondiale.

[...]

Sur la première, on voit un temple traditionnel. Je suppose que c'est à Kyôto : c'est ce qui était écrit sur la pochette. Il y a une série de temples traditionnels, dans le même style, mais ce qui me faisait rêver, c'est la photo où on voit la ville, la nuit, avec les phares des voitures qui font de longues traînées entre les immeubles...

J'avais complètement oublié l'existence de ces photos. C'est d'autant plus mystérieux que maintenant que je les ai retrouvées, tous mes souvenirs sont revenus, d'un coup. J'avais 5 ou 6 ans, et je passais des heures à les regarder.

2011

Du Japon futuriste de mon enfance, il restera deux choses : la bombe, et l'accident.

2009

Sur la photo suivante, un temple, un lac, éclairés par la lune. Maintenant que je l'ai dans les mains, c'est évident : tout ce que j'ai rêvé de retrouver, en partant là-bas, c'est cette photo.

[...]

Je ne voudrais pas donner l'impression que j'ai totalement échoué. Passées les premières semaines de frustration et de déprime, j'ai commencé à regarder autour de moi de manière plus attentive. Et j'ai retrouvé ce que je cherchais dans les petits choses : un coin de toit, une porte coulissante. Une route qui serpente jusqu'à la forêt.

Un vieil homme dans son jardin.

(4)

2008

Aujourd'hui, il n'était pas là. J'ai un peu hésité, mais j'ai fini par me décider à m'asseoir sur le muret, au bord de son jardin.

Mon carnet et mon crayon posés à côté de moi, j'ai commencé par attendre, en écoutant le paysage. J'avais les yeux fermés. Ça a duré un long moment, je crois : j'étais dans un état étrange quand j'ai ouvert mon carnet pour relire mes notes.

Je n'arrivais pas à me concentrer. Pendant que mon regard parcourait les mots sur la page, j'écoutais le vent dans les feuilles. Rien d'autre. Il devait être 14 heures, j'étais là plus tôt que d'habitude. La seule perturbation, c'est le bruit que je faisais quand je tournais la page.

Ce bruit me réveillait de ma torpeur. Je devais reprendre ma lecture au paragraphe ou à la ligne d'avant car je réalisais que je n'avais pas vraiment lu : les mots avaient bien été dits dans ma tête, mais je n'avais rien écouté.

Un long moment s'est écoulé ainsi : le vent, une page, une pause.

2011

Étonnant : je me souviens encore de la chanson. Il me l'avait chantée une seule fois, mais je suppose que la mélodie est restée.

It's the same the whole world over...

2009

J'ai mis du temps à comprendre que M. Suzuki me mentait. Il y a bien deux ou trois choses qui m'avaient étonné, au début, mais entre nos problèmes de communication et son habitude de changer de sujet sans m'avertir, je n'étais pas toujours sûr de bien savoir où en était la conversation.

Il mentait, mais pas sur tout : aussi étonnant que ça puisse paraître, il avait bien été militant, engagé dans les mouvements pour le désarmement nucléaire total, au début des années 60. Je ne saurai jamais quelle part d'invention s'y est rajoutée avec les années. Non, ce qui était complètement faux, c'est l'histoire de sa petite-fille : je crois qu'elle n'a jamais *[La suite de cette page est illisible]*

M. Suzuki :

(On l'imagine, en fin de journée, en train de regarder par la fenêtre : dehors, il pleut.)

« Ça fait longtemps que je n'arrive plus à écouter de musique. *(Il s'arrête).* Je crois que le monde a trop changé. Je ne peux pas vraiment vous l'expliquer : c'est comme si je n'étais plus chez moi. J'ai l'impression de déranger. Pourtant, je me souviens, avant : j'allumais la radio, ou alors je prenais une cassette qui correspondait à mon humeur ce jour-là. »

« Ici, après, la radio ne fonctionnait plus du tout, j'entendais seulement la neige. *(Il parle du bruit blanc : je pense qu'il le compare à l'écran d'une télévision, quand elle ne fonctionne pas).* J'essayais de mettre de la musique, mais ça n'allait pas. »

(À chaque fois qu'il dit « avant », « après », il me jette un bref regard, et il poursuit).

« Au début, je trouvais tout très silencieux, chaque bruit m'inquiétait. J'étais comme un animal qui se cache, et qui ne doit pas faire de bruit. Peut-être qu'on allait venir me chercher ? Mais c'est passé. J'ai commencé à mieux écouter les bruits autour de la maison, le vent dans les feuilles, dehors... Dans le jardin, chaque arbre a sa propre voix. Je n'y avais jamais fait attention, avant. À cause de leurs feuilles, je peux les reconnaître. Pour moi, ils sont devenus les habitants du jardin. »

[...]

« Un jour, j'ai réalisé que la musique aussi était partie. Avant *(encore ce même : « avant »)*, j'avais toujours une mélodie en tête, qui tournait en boucle pendant que je m'occupais du jardin. Ça doit faire trop longtemps que je n'en ai plus écouté. Maintenant, quand je m'allonge, le soir, ce sont les bruits de la journée qui me reviennent : le clac-clac régulier du sécateur, ou le bruit de mes pas dans l'allée. Le vent dans les feuilles. Mais plus de musique. »

(5)

2008

Demain, je repars. J'ai pris congé de cet aubergiste détestable, et de ce cher M. Suzuki. J'avoue que je suis quand même un peu dépité : à l'annonce de mon départ, il a à peine réagi.

[...]

Tant pis pour les cerisiers en fleurs...

M. Suzuki :

« Depuis que je suis vraiment seul, j'ai commencé à avoir des pensées étranges. Souvent, je m'imagine comment ce sera quand je ne serai plus là. »

« Le monde a changé, vous savez. Je suis le dernier, ici, à faire des bruits réguliers, des bruits différents. Depuis que je n'écoute plus de musique, j'ai commencé à redécouvrir les bruits autour de ma maison, les craquements du bois, le vent dans les feuilles, les oiseaux... C'est très beau. Les animaux sont revenus, ils sont bien plus nombreux qu'avant. Il y a beaucoup d'espace, beaucoup de silence aussi. »

« C'est surtout en fin de journée que ça arrive, quand j'ai fini tout ce que j'avais à faire, et que je rentre m'asseoir ici. La lumière descend, et je sens que la tristesse revient : j'aurais envie d'allumer la radio, d'écouter de la musique, mais je n'y arrive pas. Je me dis : ce ne sera pas aussi beau que le silence. »

Il a dit : « not as beautiful as silence... », et il me regarde, comme s'il voulait me faire comprendre, sans mots, ce qu'il vient de dire. Il me fixe ainsi, sans bouger, pendant un long moment.